Para Darcy Keelan
X X

Puedes consultar nuestro catálogo en www.picarona.net • El misterioso huevo • Texto e ilustraciones: Emily Gravett • 1.ª edición: marzo de 2019 • Título original: The Odd Egg • Traducción: David Aliaga • Maquetación: Montse Martín • Corrección: M.ª Ángeles Olivera • © 2008, Emily Gravett. Primera edición publicada por Macmillan Children's Books, sello editorial de Pan Macmillan, una división de Macmillan Publishers Int. Ltd. © 2019, Ediciones Obelisco, S. L. www.edicionesobelisco.com • (Reservados los derechos para la lengua española) • Edita: Picarona, sello infantil de Ediciones Obelisco, S. L. Collita, 23-25. Pol. Ind. Molí de la Bastida. 08191 Rubí - Barcelona. Tel. 93 309 85 25 - Fax 93 309 85 23 - Email: picarona@picarona.net • ISBN: 978-84-9145-219-5 • Depósito Legal: B-24.190-2018 • Printed in China • Reservados todos los derechos. Ninguna parte de esta publicación, incluido el diseño de la cubierta, puede ser reproducida, almacenada, transmitida o utilizada en manera alguna por ningún medio, ya sea electrónico, químico, mecánico, óptico, de grabación o electrográfico, sin el previo consentimiento por escrito del editor. Dirígete a CEDRO (Centro Español de Derechos Reprográficos, www.cedro.org) si

El misterioso huevo

Emily Gravett

Picarona

Todas las aves habían puesto un huevo.

Excepto Pato.

Pero de repente, ¡Pato encontró uno!

Le parecía el huevo más bonito del mundo.

Pero a las demás aves no les parecía
el huevo más bonito del mundo.

Entonces...

Todos los huevos eclosionaron.

Menos el de Pato.

Pato esperó a que su huevo eclosionase.

Esperó...

Y esperó...

Y esperó.